A VOLTA AO MUNDO EM 80 DIAS

JULES VERNE

TRADUÇÃO E
ADAPTAÇÃO DE
BETO JUNQUEYRA

ILUSTRAÇÕES DE
DANILO TANAKA

© 2022 – Todos os direitos reservados

GRUPO ESTRELA
Presidente: Carlos Tilkian
Diretor de marketing: Aires Fernandes

EDITORA ESTRELA CULTURAL
Publisher: Beto Junqueyra
Editorial: Célia Hirsch
Coordenadora editorial: Ana Luíza Bassanetto
Ilustrações: Danilo Tanaka
Projeto gráfico: Ana Luíza Bassanetto
Revisão de texto: Luiz Gustavo Micheletti Bazana

Dados Internacionais de Catalogação na Publicação (CIP)
(Câmara Brasileira do Livro, SP, Brasil)

Junqueyra, Beto
  A volta ao mundo em 80 dias / Jules Verne ; tradução e adaptação Beto Junqueyra ; ilustrações de Danilo Tanaka. -- 3. ed. -- Itapira, SP : Estrela Cultural, 2021.

  Título original: Le tour du monde en 80 jours
  ISBN 978-65-5958-007-1

  1. Literatura infantojuvenil I. Verne, Jules,1828-1905. II. Tanaka, Danilo. III. Título.

21-69745   CDD-028.5

Índices para catálogo sistemático:

1. Literatura infantojuvenil   028.5
2. Literatura juvenil   028.5

Maria Alice Ferreira - Bibliotecária - CRB-8/7964

Proibida a reprodução total ou parcial, de nenhuma forma, por nenhum meio, sem a autorização expressa da editora.
3ª edição – Três Pontas, MG – 2022 – IMPRESSO NO BRASIL
Todos os direitos da edição reservados à Editora Estrela Cultural Ltda.

Cultural

Rua Municipal CTP 050
Km 01, Bloco F, Bairro Quatis
CEP 37190000 – Três Pontas/MG
CNPJ: 29.341.467/0002-68
estrelacultural.com.br
estrelacultural@estrela.com.br

CENTRO ESTRELA DE ATENDIMENTO AO CONSUMIDOR
www.estrela.com.br

A Volta ao Mundo em 80 Dias
Jules Verne

A volta ao mundo em 80 dias é um romance de aventura escrito pelo francês Jules Verne em 1873. A obra retrata os avanços tecnológicos daqueles tempos. Afinal, até a segunda metade do século XIX atravessar o mundo era algo muito difícil quando comparado aos dias de hoje. Realizá-lo seria no mínimo uma façanha que levaria um prazo imprevisível, talvez muitos meses. No entanto, com o surgimento de possantes barcos a vapor e a criação e expansão de linhas férreas que cruzavam territórios como o da Índia e o dos Estados Unidos, isso se tornou possível. Ainda assim, alguém dizer que poderia fazer essa proeza em oitenta dias, superando todos os tipos de desafio, parecia uma ideia de maluco. Um inglês excêntrico, de nome Phileas Fogg (leia-se "fileas", nome de origem grega) é desafiado pelos seus colegas de um clube de Londres e embarca rumo a uma aventura carregada de suspense. É acompanhado pelo trapalhão Passepartout (leia-se Passpartu, nome francês), o que torna o enredo ainda mais divertido. Na adaptação do escritor Beto Junqueyra, com ilustrações de Danilo Tanaka, o jovem leitor sentirá em cada página essa luta contra o tempo e o espaço, passando por culturas diferentes em vários pontos do mundo.

1 PHILEAS FOGG, UM HOMEM DE POUCAS PALAVRAS E MUITOS MISTÉRIOS

Em 2 de outubro de 1872, na casa número 7 da rua Saville Row, em Londres, morava Phileas[1] Fogg. Homem de poucas palavras, fazia da sua vida uma rotina perfeita. Seus movimentos obedeciam aos ponteiros de um relógio. Tudo deveria ser executado de forma exata. Nem um segundo a mais, nem um segundo a menos. Esse rigor era tão grande que custou caro a um criado ao preparar a loção para fazer a barba de seu patrão. Ele errou a temperatura, aquecendo a água a 29°, em vez de 30°. Só por isso, ou melhor, por tudo isso, ele foi demitido e, naquele mesmo dia, substituído por um jovem francês, chamado Jean Passepartout[2].

Em meio a tanta precisão, a vida de Phileas Fogg era, todavia, um mistério para todos. Seria um homem rico? Difícil negar. No entanto, como havia feito sua fortuna? Não se podia imaginar. Teria viajado bastante? Provavelmente, pois conhecia os mapas como ninguém. Mas para onde? Impossível afirmar. Havia parentes e amigos? Nunca se tivera notícia. Era sócio do Reform Club. E isso era tudo.

Como todos os dias, Phileas Fogg deixou sua casa quando os ponteiros do Big Ben[3] marcavam precisamente 11h30. Após seguir o mesmo caminho, pisando quinhentas e setenta e cinco vezes com o pé direito e quinhentas e setenta e seis vezes com o pé esquerdo, rigorosamente à frente do direito, o misterioso cavalheiro chegou ao Reform Club.

---

1. Pronuncia-se *Fileas*, nome de origem grega.
2. Pronuncia-se *Passpartu*.
3. O relógio Big Ben, instalado na torre do Parlamento, em Londres, é um dos mais famosos do mundo.

Sua rotina obedeceu ao ritual de sempre: sentado à mesma mesa, pediu o mesmo prato e terminou sua refeição pontualmente às 12h47. Em seguida, dirigiu-se ao grande salão onde leu dois jornais até o jantar. Por fim, no mesmo salão, às 5h40 da tarde, começou a ler o terceiro jornal do dia.

Phileas Fogg parecia estar acorrentado ao seu relógio de bolso. Ou era o tempo que nunca lhe escapava? Um acontecimento inesperado, no entanto, poderia colocar à prova toda a sua vida tão regrada...

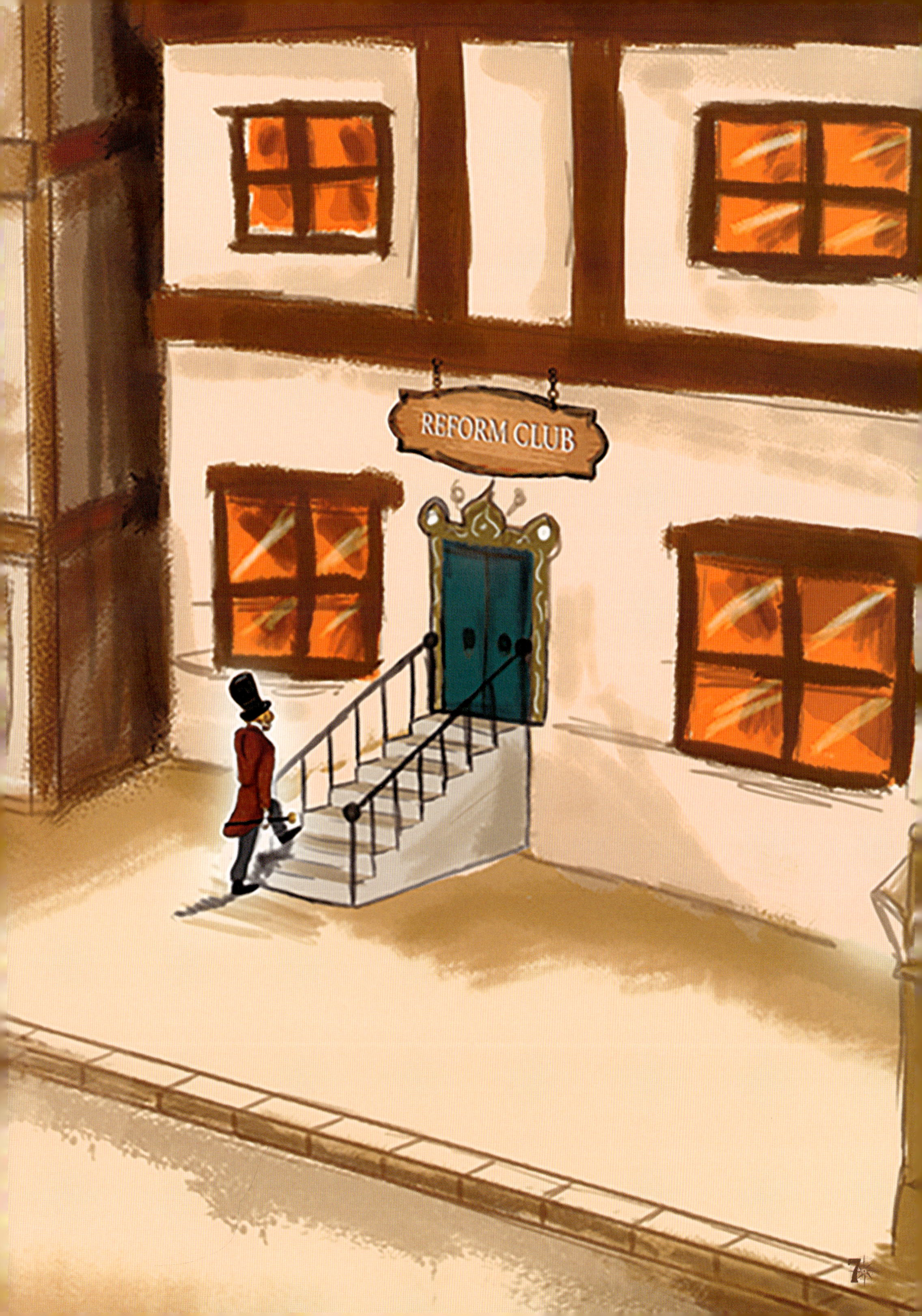
REFORM CLUB

2 UMA CONVERSA QUE PODERÁ CUSTAR MUITO CARO A PHILEAS FOGG

Após a leitura do jornal, Phileas Fogg encontrou seus cinco tradicionais colegas de jogo de cartas. Personagens ilustres e poderosos, eles discutiam o assunto mais comentado em todo o país: o incrível roubo de cinquenta e cinco mil libras do Banco da Inglaterra.

— Acho que não vão conseguir prender o ladrão – afirmou o engenheiro Andrew Stuart.

— Ele não poderá escapar! – discordou Gauthier Ralph, um dos administradores do banco, que acrescentou: – Muitos inspetores da polícia já estão no seu encalço.

— Mas o mundo é muito grande! – insistiu Stuart.

— Não é mais – contrariou Phileas Fogg, à meia-voz.

— Como assim? Por acaso a Terra diminuiu de tamanho? – perguntou Stuart.

— Sem dúvida, agora é possível percorrê-la em apenas oitenta dias – respondeu Ralph.

— É verdade, senhores – interrompeu o banqueiro John Sullivan. – Oitenta dias, desde que o trecho da ferrovia entre Rothal e Allahabad, na Índia, foi inaugurado. Vejam os cálculos feitos pelo jornal *Morning Chronicle*:

MORNING CHRONICLE

Cálculo para a
VOLTA AO MUNDO EM 80 DIAS

De Londres a Suez pelo monte Cenis e Brindisi, Ferrovia e Barcos	7 dias
De Suez a Bombaim, Barco	13 -
De Bombaim a Calcutá, Ferrovia	3 -
De Calcutá a Hong Kong, Barco	13 -
De Hong Kong a Yokohama, Barco	6 -
De Yokohama a São Francisco, Barco	22 -
De São Francisco a Nova Iorque, Ferrovia	7 -
De Nova York a Londres, Barco e Ferrovia	9 -
Total	80 dias

9

— Mas não podemos deixar de considerar o mau tempo, os ventos contrários, os naufrágios e os descarrilamentos de trens – rebateu Stuart.

— Não! Incluindo tudo isso – insistiu Phileas Fogg.

— Na teoria, mister[4] Fogg, o senhor tem razão, mas na prática...

— Na prática também, mister Stuart.

— Aposto quatro mil libras que isso é impossível! – disse Stuart.

— E eu aposto vinte mil libras com os cavalheiros que consigo dar a volta ao mundo em oitenta dias – rebateu Phileas Fogg.

— Isso é uma loucura! – gritou Sullivan.

— Não é. Aceitam a aposta?

— Aceitamos! – responderam os colegas em coro.

— Embarco no trem que parte para Dover[5] hoje, quarta-feira, às 8h45. Deverei estar de volta a este salão no sábado, 21 de dezembro, às 8h45 da noite. Exatamente oitenta dias depois. Nenhum segundo a mais.

Antes de deixar o Reform Club, Phileas Fogg ainda jogou uma partida de cartas. Eram 7h25 da noite. No ritmo de sempre chegou à sua casa às 7h50. Assim que fechou a porta, ordenou a Passepartout:

— Arrume um saco com uma troca de roupas para cada um, que partiremos em dez minutos para uma volta ao mundo.

---

4. Para facilitar a leitura, optamos pela forma como é pronunciado Mr., tratamento dado a um senhor.
5. Porto ao sul da Inglaterra com ligação via balsa com o norte da França.

Passepartout, que mal teve tempo de engolir aquela notícia, tratou de obedecer ao patrão e preparou imediatamente a bagagem. Os dois saíram da residência às 8h e dirigiram-se até o ponto de táxi[6]. O jovem francês carregava apenas uma mala de viagem e uma bolsa, forrada com o dinheiro que mister Fogg usaria para todas as despesas da sua volta ao mundo.

---

6. Chamado de *cab*, comportava até dois passageiros. Esse tipo de táxi era tracionado por um cavalo.

Ao chegar à estação de Charing Cross, a dupla encontrou os cinco colegas do Reform Club, perfilados na plataforma de embarque. Phileas Fogg dirigiu-se a eles e disse:

– Senhores, estou de partida. Todos os carimbos no meu passaporte permitirão, quando retornar, que confirmem meu itinerário.

Andrew Stuart deu um passo adiante e alertou-o:

– Não se esqueça de que o senhor deverá estar de volta...

– Em oitenta dias – emendou mister Fogg, que acrescentou: – Sábado, 21 de dezembro de 1872, às 8h45 da noite no grande salão do Reform Club. Até breve, cavalheiros.

Sem dizer mais uma só palavra, os dois entraram no trem. Sob uma garoa fina, a locomotiva apitou pontualmente às 8h45. As rodas começaram a girar com pressa, tais como os ponteiros do relógio da estação. Phileas Fogg e Passepartout, a bordo do vagão da primeira classe, partiram rumo a Dover, primeiro destino da desafiadora volta ao mundo.

13

AMÉRICA DO NORTE

LONDRES
PARIS EUROPA
BRINDISI
SUEZ

ÁFRICA

ÁSIA

CONSULADO BRITÂNICO
9 - 10 - 1872
SUEZ - EGITO

14

3 UM INSPETOR DE POLÍCIA NO ENCALÇO DE UM ELEGANTE CAVALHEIRO

Os dias se passaram. Em 9 de outubro, o inspetor de polícia Fix aguardava ansiosamente o desembarque dos passageiros do navio *Mongólia*, vindo do porto italiano de Brindisi. Ele era um dos detetives enviados mundo afora para prender o assaltante do Banco da Inglaterra. Dois dias antes, Fix recebera as descrições do ladrão: tratava-se de um cavalheiro alto, elegante, portando sempre uma cartola, com cabelos loiros, bigode longo e perfeitamente dividido ao meio.

Sua respiração pesada foi finalmente abafada pela chegada do *Mongólia*. Em meio a muitos passageiros, apareceu um mais afoito, que perguntou ao policial onde ficava o escritório do consulado inglês. Era Passepartout, que precisava carimbar o passaporte do seu patrão, Phileas Fogg. Ao ver a foto do cavalheiro inglês, Fix ordenou que se apresentasse às autoridades. Afinal, mister Fogg tinha a aparência do suspeito do grande roubo. Entretanto, para prendê-lo, o detetive Fix precisaria de um mandado de prisão, enviado por Londres.

Passepartout voltou ao navio e, poucos minutos mais tarde, Phileas Fogg entrava no escritório do consulado. Fix o aguardava ao lado do cônsul, que carimbou o passaporte do inglês e o liberou: não havia nenhum motivo para não o deixar seguir viagem, pois seus papéis estavam em ordem. O inspetor ficou furioso, mas nada pôde fazer. Como o mandado de prisão não chegaria a tempo, Fix não podia detê-lo e sequer deu conhecimento ao passageiro inglês de que ele corria risco de ir para a cadeia.

Acompanhado por Passepartout, Phileas Fogg retornou a bordo calmamente. Fix, sem querer perder seu suspeito de vista, decidiu embarcar no *Mongólia* rumo a Bombaim[7], uma das maiores cidades da Índia e que pertencia à coroa inglesa. Lá ele esperava receber o mandado para prender aquele homem misterioso, que, aos olhos do detetive, procurava fugir da polícia.

O *Mongólia* seguiu, então, pelas águas do mar Vermelho a pleno vapor. Até aquele trecho, Phileas Fogg estava cumprindo com o que havia programado. O tempo despendido de Londres até Suez, cidade egípcia, não lhe dera qualquer ganho ou perda. Tudo ocorrera sem nenhum sobressalto: o trajeto de trem de Londres a Dover; a travessia do canal da Mancha de barco até o porto de Calais e dali até Paris; da capital francesa, sempre de trem, via Turim, no norte da Itália, até o porto de Brindisi, bem na ponta do salto que ajuda a dar forma de bota a esse país; e já a bordo do *Mongólia*, todo o trecho da Europa até o Egito. Tudo conforme o calculado. A caminho da Índia, a embarcação fez uma escala em Áden, ao sul da península Arábica, para se reabastecer de carvão.

Passepartout encontrou o agente Fix a bordo, sem perceber que o policial estava no encalço de seu patrão. O inspetor procurava mais informações sobre as intenções do cavalheiro inglês. Fix ficou mais desconfiado quando Passepartout relatou que mister Fogg o chamara para uma viagem repentina ao redor do mundo, por conta de uma aposta. As suspeitas aumentaram ainda mais quando o francês contou que carregava uma bolsa cheia de notas novinhas do Banco da Inglaterra para pagar as despesas daquela longa jornada. A ideia parecia uma loucura, mas ele seguia as ordens do patrão. E nada mais sabia sobre o assunto. Nem queria saber. Para ele, que nada conhecia fora da Europa, tudo se tornara uma grande aventura.

---

7. Atualmente chamada de Mumbai.

LONDRES
PARIS **EUROPA**
BRINDISI
SUEZ
ÁDEN

AMÉRICA DO NORTE
AMÉRICA DO SUL
ÁFRICA
ÁSIA
OCEANIA

PROTETORADO DE ÁDEN
14 - 10 - 1872
CONSULADO BRITÂNICO

17

4 BONS VENTOS A FAVOR DE MISTER FOGG

O mar ajudou Phileas Fogg: o *Mongólia* avançou rapidamente pelas correntes do oceano Índico e chegou a Bombaim, em 20 de outubro, com um ganho de dois dias em relação ao previsto.

Phileas Fogg sequer cogitava conhecer as belezas da cidade. Nem mesmo ver seus fortes, sua magnífica biblioteca, suas feiras animadas, seus bazares, suas mesquitas, sinagogas e igrejas armênias. Ao pisar em solo hindu, simplesmente rumou para o consulado britânico. Mais um carimbo confirmava seus passos ao redor do mundo. Por sua vez, o inspetor Fix ficou desapontado ao descobrir que seu mandado de prisão não havia chegado. Sem outra opção, decidiu continuar na cola do imperturbável cavalheiro inglês.

Enquanto isso, o agitado Passepartout não resistiu em se aventurar pelas ruas de Bombaim. Sua curiosidade o levou até o esplêndido pagode de Malabar Hill, onde adentrou sem nenhum cuidado. O jovem francês não sabia que o acesso a esses templos era proibido a estrangeiros. Sua presença naquele local sagrado despertou a ira de alguns frequentadores. O atlético francês teve de mostrar sua força e agilidade ao sair correndo, perseguido por alguns fiéis exaltados. Na fuga, perdeu seus calçados, o que lhe custaria muito caro depois...

Minutos mais tarde, a locomotiva apitou vigorosamente e desapareceu na noite em direção a Calcutá, que ficava do outro lado da Índia. A bordo, Passepartout encontrou, já acomodado, Phileas Fogg e, próximo a ele, um companheiro de viagem cada vez mais incômodo: o inspetor Fix.

BOMBAIM - ÍNDIA
20 - 10 - 1872

21

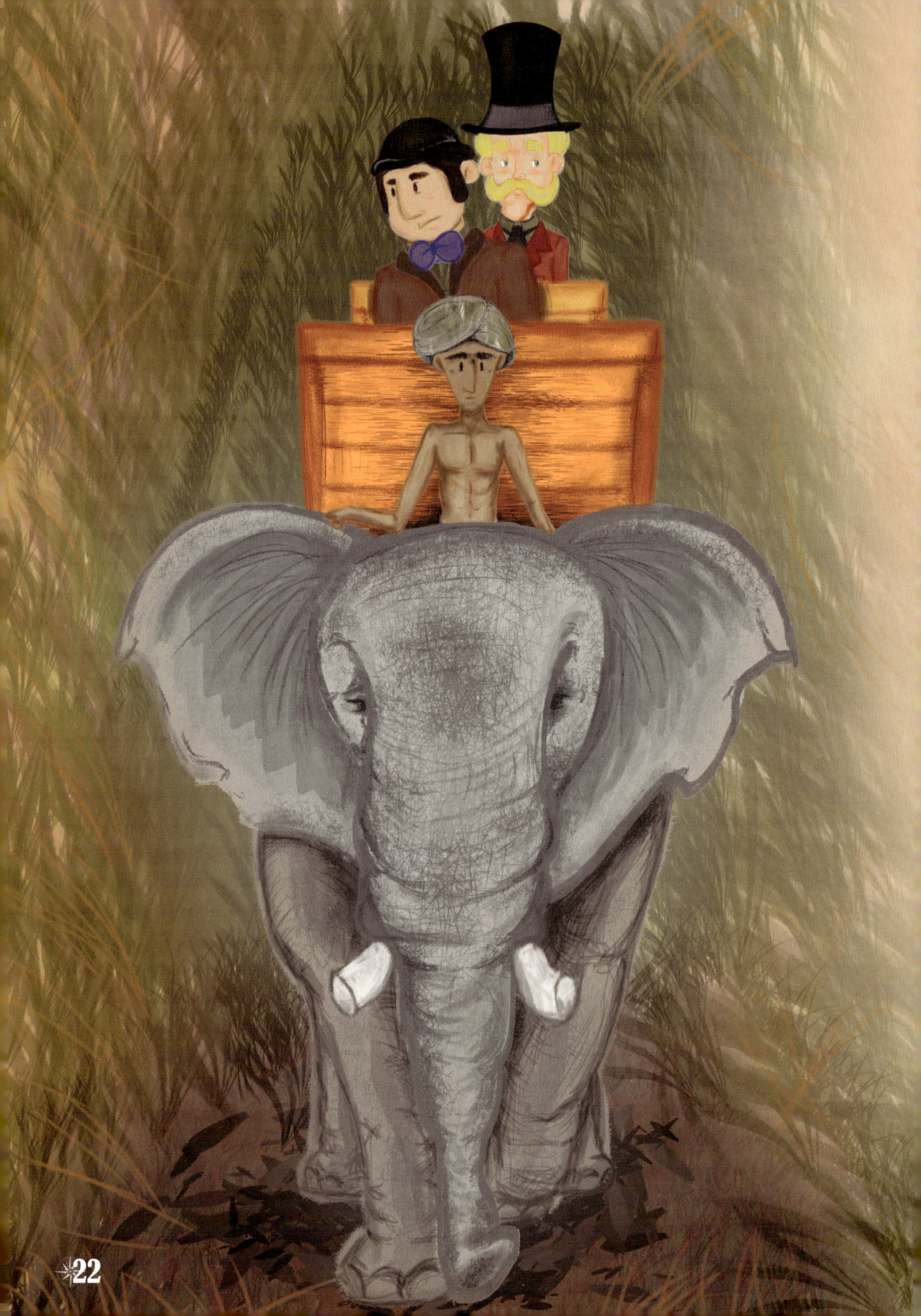

5 ACONTECIMENTOS INESPERADOS NAS FLORESTAS DA ÍNDIA

A jornada de trem ocorreu sem incidentes, passando pelas montanhas dos Gates e pela região relativamente plana do território de Khandeish, tendo parado em Burhampur para que os passageiros almoçassem. A locomotiva avançava rapidamente ao longo do seu curso, expelindo uma fumaça que desenhava espirais na paisagem. As palmeiras pareciam saudar os viajantes, balançando entre pitorescos bangalôs e templos magníficos. No entanto, ao chegarem à estação de Rothal, após mais de um dia de viagem, receberam uma notícia surpreendente:

– Os viajantes descem aqui! – ordenou o condutor.

Os passageiros nem tiveram tempo de reclamar. O maquinista explicou que o trecho entre aquela localidade e Allahabad não estava pronto. Os jornais europeus haviam informado erradamente! Quem quisesse seguir até Calcutá e completar a travessia até o leste da Índia precisaria passar pela floresta utilizando outro meio de transporte.

O calmo cavalheiro inglês não se abatia nunca, pois sabia que os dois dias ganhos nas etapas anteriores serviam justamente para enfrentar os contratempos que pudessem surgir. A solução para chegar a Allahabad não tardaria. Passepartout, ainda descalço, ao sair para comprar algum tipo de sapato encontrou mais do que um belo par de pantufas de couro. O criado descobriu um modo de locomoção inesperado: nada mais, nada menos do que "a bordo" de um elefante!

Mister Fogg contratou um guia hindu que conhecia bem os atalhos da região e, em poucos minutos, embrenharam-se pela selva indiana. Phileas Fogg acomodou-se na parte traseira de um balaio. Na parte dianteira, foram colocadas as bagagens da dupla. Passepartout ficou em cima das malas, logo atrás do guia, que os conduziu mata adentro.

A marcha do paquiderme transcorria sem surpresas, enquanto Passepartout sacolejava como se estivesse num picadeiro de circo. Macacos observavam a cena e faziam mil caretas. Pareciam zombar do francês e de suas "acrobacias" malucas.

Percorreram um longo trecho de mata fechada que parecia um túnel verde onde mal distinguiam se era dia ou noite. De repente, escutaram um barulho que não fazia parte da sinfonia da selva. O som, que ecoava entre as árvores, parecia marchar na direção deles e logo se transformou num ritmo tão assustador que o animal parou. Minutos depois, assistiram a uma procissão de uma seita de fanáticos, que andavam aos gritos sob o som de tambores. Alguns homens armados de lanças carregavam uma bela jovem, coberta de joias e vestida numa túnica cravejada de ouro. Ela parecia estar desmaiada. O guia, que conhecia as barbaridades daquela seita, escondeu o elefante entre as plantas e sussurrou aos dois passageiros:

– Isso é um ritual de sacrifício. A história dessa mulher é um assunto muito comentado por aqui. Ela se chama misses[8] Alda e deverá ser queimada viva, ao lado do cadáver do seu marido, o rajá, que morreu há poucos dias. O sacrifício será amanhã, ao primeiro raio de sol.

– Temos de salvá-la – disse Phileas Fogg, sem perder a calma, após consultar seu relógio de bolso. – Estou doze horas adiantado.

---

8. Para facilitar a leitura, optamos pela forma como é pronunciada Mrs., tratamento dado a uma senhora.

25

6 RESGATE SURPREENDENTE E ARRISCADO

Horas mais tarde, mister Fogg, Passepartout e o guia tentaram entrar no templo para resgatar a jovem hindu, mas muitos guardas vigiavam a viúva do rajá. Não havia o que fazer. Mister Fogg chegou a pensar em avançar com o elefante em direção ao seu cativeiro para salvá-la. Mas como? Enquanto retornava com o guia até o animal, Passepartout sumiu.

O som dos gongos anunciou o início da cerimônia. A jovem hindu foi levada até uma pira para ser queimada ao lado do cadáver do marido. Um guardião acendeu uma tocha para colocar fogo na madeira. De repente, para pavor de todos, o cadáver levantou-se, pegou a jovem e correu em direção ao elefante. Os fanáticos, assustados por acharem que seria alguma divindade poderosa, deitaram-se no chão e não ousaram levantar a cabeça. Ao se aproximar do animal, a tal divindade, com as roupas do rajá ressuscitado, anunciou:

– Vamos fugir daqui!

A estranha figura logo se revelou diante de mister Fogg e o guia. Era Passepartout, vestido de rajá.

Ele saltou com a jovem, ainda desmaiada, na parte dianteira do balaio.

– Como você fez isso? – perguntou, apavorado, o guia hindu.

– Tive de esconder o cadáver e, com a roupa do rajá, eu me fingi de morto ao lado da jo...

Nem pôde terminar de falar. Sua manobra foi logo descoberta pelos fanáticos, que partiram na direção do elefante, em meio a gritos aterrorizantes. Entre balas e flechadas, o grupo, a bordo do valente paquiderme, desapareceu na floresta.

Após muitos solavancos, porém sem mais sustos, chegaram a Allahabad, onde pegaram o trem até Calcutá. Misses Alda aos poucos começava a recuperar os sentidos. Para protegê-la contra uma provável vingança dos fanáticos religiosos, Phileas Fogg convenceu a bela hindu a seguir viagem até Hong Kong. A jovem revelara que tinha familiares nessa cidade encravada na costa chinesa e que também pertencia à coroa inglesa.

7 UM JULGAMENTO EM CALCUTÁ

Após passar pela cidade religiosa de Benares e adentrar no vale sagrado do rio Ganges, o trem chegou a Calcutá. Eram exatamente 7h da manhã de 25 de outubro, vinte e três dias após terem deixado Londres. Phileas Fogg estava dentro do prazo calculado. Sem ganhos nem perdas. Ao descerem do vagão, no entanto, surgiu um terrível imprevisto: Passepartout e mister Fogg foram presos por um policial! A acusação: como o criado havia entrado num templo hindu em Bombaim, o que não era permitido, teria de ir a julgamento. Seu patrão também! Afinal, Phileas Fogg era o responsável pelo comportamento inadequado do criado francês.

A razão de terem sido levados às autoridades era obra do agente Fix. Como Calcutá era terra inglesa, com a esperança de receber o mandado em poucos dias, ele poderia prender o ladrão. Precisava pelo menos retardar mister Fogg. Enquanto o cavalheiro inglês se envolvera no resgate da jovem viúva, Fix teve tempo de convencer os religiosos hindus a acusar o cavalheiro inglês para, provavelmente, prendê-lo em Calcutá. A grande prova: os sapatos que Passepartout havia perdido ao fugir do templo!

Conseguiriam se defender das acusações? Haveria tempo de alcançar o navio, prestes a zarpar rumo a Hong Kong? Ou seria ali o ponto final para as pretensões de Phileas Fogg?

No tribunal hindu, ao serem julgados e condenados de acordo com as leis locais, mister Fogg teve de desembolsar um bom valor para pagar a fiança[9] e serem soltos.

---

9. Valor que pode ser pago para, dependendo da gravidade do crime e das leis do país, colocar alguém em liberdade.

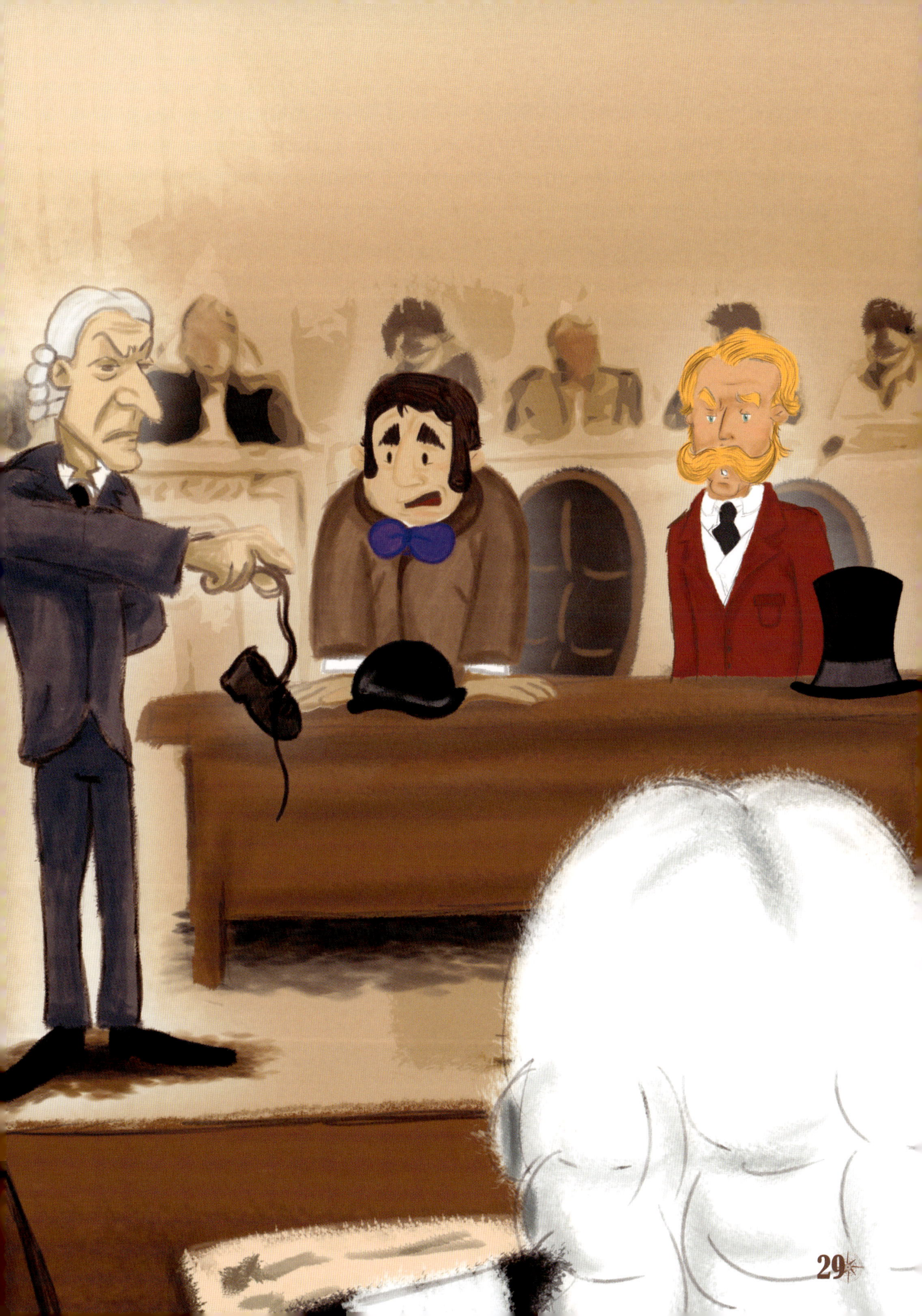

Somente assim é que conseguiram chegar a tempo no porto para alcançar o barco a vapor *Rangoon*. Como o mandado de prisão ainda não estava em suas mãos, só restou ao inspetor Fix seguir o cavalheiro da forma mais discreta possível. Mas...

Uma hora mais tarde, às 12h de 25 de outubro, o navio inglês, feito de ferro e dotado de uma grande hélice, zarpava em direção a Hong Kong. Phileas Fogg não estava nem adiantado nem atrasado. Continuava, por ora, no comando das horas, dos minutos e dos segundos. E, ao seu lado, batendo tão forte como os ponteiros de seu relógio, estava o coração de uma bela e jovem hindu.

8 INCERTEZAS NO MAR E EM TERRA AMEAÇAM OS PLANOS DE PHILEAS FOGG

O *Rangoon* avançou com força pelas águas do oceano Índico para uma rápida escala em Cingapura, somente para reabastecer de carvão. A bordo, o agente Fix escondia-se para não ser visto por mister Fogg e Passepartout. Da janela da sua cabine, não conseguia avistar mais do que um mar de dúvidas: o que fazia uma mulher ao lado do seu suspeito? Teria o cavalheiro inglês ido buscá-la na Índia? Haveria alguma conspiração no ar? Não via a hora de chegar a Hong Kong. Nesse porto, que fazia parte dos domínios ingleses, ele poderia conseguir seu mandado e finalmente prender o excêntrico inglês.

Mister Fogg sequer imaginava que um policial o perseguia por ser o grande suspeito do roubo do Banco da Inglaterra. Enquanto isso, misses Alda pôde conhecer os hábitos e os propósitos do homem que comandara o seu resgate, salvando sua vida.

Mas enquanto navegavam em alto-mar, Passepartout acabou trombando com o inspetor Fix. O agente inglês aproveitou o inesperado encontro para alertá-lo sobre a possível razão da viagem de seu patrão. O francês não acreditou naquela acusação e não tardou em chegar a uma conclusão: o inspetor devia estar a serviço dos membros do Reform Club para seguir seu patrão e verificar se ele não faria alguma trapaça para ganhar a aposta!

CINGAPURA
31 - 10 - 1872

Meio dia adiantado, de acordo com os cálculos de Phileas Fogg, o *Rangoon* atracou em Cingapura. Ainda era 31 de outubro. O relógio estava a seu favor. Com isso, aproveitou para levar misses Alda a um passeio de carruagem pela ilha. A paisagem, emoldurada de palmeiras, era adornada com plantações floridas de cravos-da-índia, que pareciam se abrir refletindo os encantos da bela jovem.

Às 11h o *Rangoon*, totalmente abastecido de carvão, soltava as amarras e zarpava para Hong Kong. O navio navegava tão rápido que, poucas horas mais tarde, seus passageiros sequer conseguiam avistar as montanhas de Malaca, onde vivem os tigres mais belos do planeta.

O mar começou a apresentar mudanças de humor. Ora enfurecia-se em tempestades, ora serenava tanto que nenhum vento aparecia para impulsionar o *Rangoon*. Com isso, só chegaram a Hong Kong um dia após o programado: em 6 de novembro!

Por sorte, o navio que os levaria à próxima escala estava atrasado. De fato, o barco a vapor *Carnatic* encontrava-se em reparos e sua nova partida estava estimada para a manhã do dia seguinte.

Foi o tempo de mister Fogg poder desembarcar e ir em busca dos parentes de misses Alda. Ao visitar o centro comercial da cidade, soube que o primo que ela esperava encontrar mudara-se há tempos para a Holanda. Sem mais nada a fazer, mister Fogg convidou a hindu para acompanhá-lo até a Europa.

— Não queria abusar, mister Fogg! – disse a jovem, sem graça.

— Sua presença não atrapalha meu programa – respondeu friamente Phileas Fogg.

Misses Alda, cada vez mais fascinada com o decidido cavalheiro, aceitou então seu sincero convite para seguir na sua incrível aventura.

Hong Kong talvez fosse a última grande chance de Fix prender mister Fogg na sua suspeita volta ao mundo. Afinal, dali para a frente não pisariam mais em solo britânico. Com isso, só poderia detê-lo na volta de mister Fogg à Inglaterra. Mas será que ele planejava mesmo retornar a Londres? Fix não quis arriscar. Como seu mandado de prisão não chegava, decidiu atrasar a viagem do cavalheiro e o jeito que encontrou foi distrair Passepartout. O agente convidou-o para um passeio pela cidade. O francês vagou pelas ruas, encantando-se com um festival de novidades, luzes e cores.

Quando se deu conta, estava só, perdido num labirinto de vielas. Quanto mais andava, mais atordoado ficava. Conseguiria voltar até o horário de partida do navio?

No dia seguinte, em 7 de novembro, mister Fogg chegou ao porto para embarcar no *Carnatic* e teve uma terrível surpresa: a embarcação havia finalizado seus reparos antes do prazo e já partira com destino ao Japão. Para piorar o quadro, Passepartout não estava no cais. O que acontecera com seu criado: teria desaparecido na cidade ou embarcado no navio? Sua volta ao mundo em oitenta dias estaria comprometida?

福

漢

字

HONG KONG
6 - II - 1872

LONDRES
PARIS EUROPA
BRINDISI
ÁSIA
SUEZ
CALCUTÁ
HONG KONG
ÁFRICA ÁDEN BOMBAIM
CINGAPURA
AMÉRICA

9 MANOBRAS ARRISCADAS NO ORIENTE

Mesmo não tendo embarcado no *Carnatic*, o navio que os levaria a Yokohama, e sem nenhum sinal de Passepartout, mister Fogg não perdeu sua serenidade. Caminhou pelo porto até encontrar algum meio de transporte que pudesse fazer aquele trajeto. Precisava chegar a tempo de subir a bordo do *General-Grant*, o barco a vapor que atravessaria o oceano Pacífico rumo aos Estados Unidos.

O inspetor Fix acompanhava seus passos e torcia para que mister Fogg se atrasasse. Mas bons ventos voltaram a soprar a favor do decidido cavalheiro. Ao descer pelo cais, cruzou com o dono de um barco a vela, a quem indagou:

– Você conhece algum meio de se chegar a Yokohama, no Japão, até o dia 14? Preciso pegar o barco para São Francisco.

– Não! E seria um trajeto muito arriscado para minha preciosa *Tankadère*! – respondeu o velho marujo do mar, que emendou: – Mas posso ir a Xangai, na costa chinesa. Além de ser uma rota mais segura, é de lá que o navio americano inicia viagem. Só depois é que ele atraca em Yokohama.

– Ótimo. Então, negócio fechado.

Eram 3h10 da tarde de 7 de novembro quando as velas foram içadas e o valente veleiro, que parecia participar de uma corrida, deixou Hong Kong. A bordo, ajeitaram-se no convés mister Fogg, misses Alda e o incansável Fix. Para não perder o seu suspeito de vista, o agente aceitara o convite para velejar pela costa, sem que Phileas Fogg sequer desconfiasse de suas intenções. Mister Fogg ainda guardava esperanças de reencontrar Passepartout na próxima escala da sua viagem.

Não tardou para o mar se revoltar. A tempestade ganhou ainda mais força à noite. A *Tankadère* enfrentava com bravura ondas altas e ameaçadoras. Os ponteiros do relógio também pareciam querer se revoltar, como se corressem mais rápido. Quatro dias agitados se passaram. Em 11 de novembro, ao se aproximarem do porto de Xangai, um navio se delineou no horizonte como se estivesse anunciando que os planos de Phileas Fogg estavam indo embora: o *General-Grant* acabara de partir rumo à América!

– Bandeira a meio pau! Fogo! – ordenou mister Fogg, sem perder tempo.

O estrondo causado pelo pequeno canhão pôde ser escutado a quilômetros de distância. Mister Fogg sabia que, dentro da convenção náutica, aqueles sinais eram pedidos para que outra embarcação viesse em socorro. Era como se estivessem em situação de emergência. E, de certa forma, estavam. Sobretudo o cavalheiro Phileas Fogg em sua incrível disputa ao redor da Terra.

O plano funcionou: minutos mais tarde, após ser resgatado do veleiro, o trio estava bem acomodado no barco a vapor americano, navegando para São Francisco, com escala em Yokohama. Fix não desgrudava de Phileas Fogg, que seguia reinando sobre o tempo, como se horas, minutos e segundos fossem seus súditos.

Após uma viagem sem incidentes, ao chegar ao porto japonês, mister Fogg e misses Alda desceram para tentar descobrir o paradeiro de Passepartout. Teria ficado em Hong Kong ou conseguira embarcar no *Carnatic*? Ao se dirigirem às autoridades, receberam uma boa notícia: o nome do francês constava na lista de passageiros! Mas como ele não estava mais a bordo, Phileas Fogg tratou logo de sair em busca de seu criado, tendo ido ao consulado francês e percorrido as ruas da cidade. Tudo em vão. Não havia nenhum sinal de Passepartout.

Sem mais nada a fazer, retomaram o caminho do porto. No entanto, pouco antes de embarcar com misses Alda, o acaso os levou a um espetáculo diante do *General-Grant*, onde puderam assistir à grande atração de acrobacia: uma pirâmide de homens narigudos com asas, que pareciam cartas de baralho.

A plateia aplaudia, entusiasmada, quando, ao som dos tambores, a pirâmide despencou. Pudera, um dos narigudos pulou diante de todos, aos gritos...

– Meu patrão! Meu patrão!

Mister Fogg e misses Alda reconheceram imediatamente Passepartout, enquanto dezenas de narigudos caíram por todos os lados, como se fosse um castelo de cartas desmoronando. Mais tarde entenderam o que havia acontecido: o criado, ao chegar ao Japão pelo *Carnatic*, procurara um emprego para conseguir dinheiro e dar um jeito de viajar no *General-Grant*, na esperança de reencontrá-los. Como se dizia um ás em acrobacias, foi contratado. Todavia, no momento mais importante do *show*, ele acabou caindo quase no colo do seu patrão!

Era 14 de novembro quando o trio subia no majestoso barco a vapor americano. Sem que percebessem, outro passageiro encontrava-se instalado a bordo: o incansável inspetor Fix.

10 TRAVESSIA DA AMÉRICA, UMA LONGA AVENTURA SOBRE TRILHOS

Apesar da vastidão do maior dos oceanos, o Pacífico justificou o seu nome: o *General-Grant* fez a longa travessia de quase três semanas sem nenhum sobressalto. Com mais da metade da volta ao mundo percorrida, Phileas Fogg chegava em 3 de dezembro a São Francisco, na costa oeste americana, sem um só dia de atraso de acordo com seus cálculos.

Às 7h da manhã, quando tocaram o solo da Califórnia, mais uma trapalhada do criado francês. Passepartout, empolgado por chegar a um novo continente, não resistiu e exibiu-se com uma pirueta sobre o chão firme do porto. Para seu azar, o assoalho estava podre e ele afundou na madeira. A acrobacia logo se transformou na apresentação de um palhaço desengonçado!

Depois de tantos dias sobre as águas, agora eles teriam muito chão pela frente: para chegar a Nova York precisavam cruzar os Estados Unidos, numa longa aventura sobre trilhos. Como o trem para essa nova etapa só iniciava sua jornada à noite, tiveram tempo de passear e apreciar a cidade de São Francisco. Ficaram abismados com suas ruas largas, casas baixas, precisamente alinhadas, seus curiosos bondes puxados por cavalos, armazéns gigantes que pareciam palácios e calçadas apinhadas de gente de todos os cantos do mundo.

Mister Fogg dirigiu-se ao consulado para carimbar seu passaporte e lá encontrou Fix. Qualquer pessoa estranharia a presença do detetive, mas Phileas Fogg não esboçou qualquer reação. Nem um piscar de olhos. Já o agente, fingindo-se surpreso de encontrá-los ali, ofereceu-se para acompanhá-los mais uma vez. Afinal, como estavam em território que não era britânico, seria ainda mais difícil prender o homem que ele julgava ser um grande assaltante. Restava-lhe garantir que mister Fogg, de fato, voltaria à Inglaterra. Por sua vez, Passepartout pensou em dar uma surra no policial, o responsável por ele ter se perdido em Hong Kong. Pudera, Fix o enfiara no meio de um labirinto e depois o deixara só. Todavia, com medo de causar problemas para o patrão, resolveu ficar quieto.

Eram 5h45 da tarde quando pisaram na plataforma da estação de Oakland, ponto de partida de uma longa aventura país adentro. Exatamente quinze minutos mais tarde, a locomotiva deu um apito estridente e disparou em direção ao leste. "Oceano a Oceano", esse era o nome da linha férrea de cerca de seis mil quilômetros que unia de ponta a ponta os Estados Unidos da América. Num passado não distante, para ir de costa a costa, levavam-se pelo menos seis meses. Agora, com a ferrovia, dividida em três trechos, bastavam sete dias. Esse prazo convinha ao inglês: daria tempo de chegar a Nova York e pegar o navio que o levaria a Liverpool, em 11 de dezembro.

A locomotiva tomou seu curso pela linha férrea rumo a Ogden, no estado de Utah, primeiro dos três trechos a serem percorridos. O trem avançava serpenteando pelos flancos das montanhas. Por vezes, passava à beira de precipícios, mas não perdia o fôlego, misturando o som do seu apito e seus mugidos ao das cachoeiras e rios caudalosos.

De repente, um outro mugido vindo de fora chamou a atenção dos passageiros. Aliás, não era um, eram muitos mugidos. Sim, milhares de bisões, talvez dez mil, acompanhavam o deslocamento do trem que, poucos minutos adiante, parou. Estavam nas pradarias do estado de Nevada, onde os ruminantes chegavam a formar verdadeiras correntes móveis que podiam bloquear as vias férreas. E justamente naquele dia a corrente bovina barrou os caminhos de mister Fogg.

Da janela de seu vagão, Passepartout, cada vez mais envolvido com a aventura de seu patrão, assistia a tudo impacientemente. O agitado francês xingava os animais, os Estados Unidos e o maquinista que conduzia a locomotiva:

– Que país é este onde animais param as máquinas? Por que o condutor não avança sobre eles? Que perda de tempo!

Do seu assento, Phileas Fogg aguardava calmamente o desfile dos bisões, que parecia não ter fim e poderia prejudicar seus planos. Ele não se aborrecia. Mas será que ele conseguiria recuperar aquele atraso ao longo do percurso até Nova York? Os navios podiam ser ajudados por ventos favoráveis. Os trens, não. Haveria alguma forma de acelerar e ganhar tempo?

43

11 A NEVE PODE CONGELAR OS PLANOS DE PHILEAS FOGG

Após três cansativas horas de espera, o trem retomou viagem noite adentro. No dia seguinte, já em 6 de dezembro, descerem na estação de Ogden, onde aproveitaram para passear um pouco. A partida para Omaha, no coração do país e destino do segundo trecho da longa travessia pelos Estados Unidos, só ocorreria no final da tarde. Ogden seguia o padrão das cidades americanas, parecendo um grande tabuleiro de xadrez, com suas longas linhas retas. Fix, fingindo ser um verdadeiro companheiro de aventura, andava colado em Phileas Fogg.

A travessia pelo estado de Utah ocorreu sem mais incidentes. Nem mesmo a neve retardava a marcha da locomotiva. Mas, de repente, ela parou. Agora não eram os animais que os impediam...

– Não há como passar! A ponte de Medicine Bow está avariada e não suportará o peso do trem – anunciou um guarda ferroviário.

Teriam de seguir a pé até a próxima estação, o que significava caminhar seis horas pela neve! A notícia deixou muitos passageiros revoltados e logo uma gritaria ecoou ao longo da linha férrea até que...

– Tenho uma solução! – esbravejou o maquinista. – Se a locomotiva, com seus vagões, tomar uma boa distância e arrancar em alta velocidade, temos chances de cruzar a ponte. Acredito que a velocidade vai compensar o peso, pois diminui a pressão sobre a estrutura danificada.

Os receios dos passageiros sobre o perigo daquela sugestão maluca diminuíram à medida que crescia o desejo de sair daquele lugar gélido e de cada um alcançar logo o seu destino. Todos retornaram aos seus lugares, a locomotiva recuou dois quilômetros e então, como um touro enfurecido, arrancou, atingindo uma velocidade de cento e cinquenta quilômetros por hora! Como um relâmpago, o trem foi de uma margem à outra do rio e só conseguiu parar oito quilômetros mais à frente. No entanto, assim que o último vagão passou pela ponte, ela despencou em pedaços nas corredeiras do rio Medicine Bow.

Os sustos não terminariam ali. Muito pelo contrário, eles acompanhariam os viajantes pelos trilhos do estado de Nebraska. O maior deles foi um aterrorizante ataque de saqueadores, que planejavam roubar a carga e os pertences dos passageiros. Montados a cavalo, eles surgiram em bandos dos dois lados da ferrovia e tentaram subir nos vagões em movimento. Em meio a tiros e a uma chuva de pedras, a locomotiva, valente, conseguiu manter o seu curso. No entanto, com muitos passageiros feridos e as composições danificadas, não restou alternativa ao maquinista senão parar em Forte Kearney.

Por sorte, Phileas Fogg e seus companheiros de viagem não haviam sofrido qualquer lesão. Os planos do cavalheiro inglês é que sofreriam um grande revés: com tantos contratempos, somente teriam um trem para levá-los até Omaha no dia seguinte!

Com um atraso de vinte horas, Phileas Fogg parecia não ter como chegar a Nova York a tempo de embarcar no navio que o conduziria de volta à Inglaterra. Mal sabia como ir até Omaha! Ficou imobilizado no meio do caminho. Misses Alda estava inconsolável. Passepartout também temia pela sorte do seu patrão. A neve não derretia. Os ventos sopravam com força. Todavia, seriam esses mesmos ventos que poderiam salvar os planos do sereno cavalheiro inglês. Fix, que desejava chegar logo a Londres para poder prender seu suspeito, veio com uma solução surpreendente. Para os dias em que as locomotivas com seus vagões não podiam passar pelas vias congeladas, um morador de Forte Kearney, chamado Mudge, havia inventado um meio de transporte muito estranho: um trenó a vela!

Mister Fogg rapidamente contratou o curioso veículo e, em poucos minutos, deixaram a pequena estação ao lado do forte. As planícies pareciam um enorme tapete de gelo por onde o trenó deslizava com facilidade, comandado pelo seu ágil piloto. Nem mesmo lobos famintos, que corriam desvairados atrás da nave, conseguiam alcançá-los. Finalmente chegaram a Omaha. Lá tiveram apenas tempo de se jogar dentro de um vagão do trem em movimento, que os conduziria até Chicago. No dia seguinte, em 10 de dezembro, às 4h da tarde, após passarem pelo estado de Iowa com uma rapidez impressionante, estavam na gigantesca estação da principal cidade do estado de Illinois. De Chicago havia linhas para todos os cantos e, com isso, mister Fogg não teve problemas para conseguir uma baldeação com destino imediato até Nova York.

A possante locomotiva, como se soubesse da pressa do seu ilustre passageiro, atravessou como um raio os estados de Indiana, Ohio, Pensilvânia e Nova Jersey. Já era tarde da noite de 11 de dezembro quando avistaram o rio Hudson delineando a famosa cidade dos Estados Unidos. Às 11h15 pisaram na estação de Nova York, em frente ao cais de onde partiam as embarcações rumo à Europa. Mas...

O barco a vapor *China* zarpara rumo a Liverpool havia quarenta e cinco minutos!

12 A EMOCIONANTE TRAVESSIA DO OCEANO ATLÂNTICO

O navio *China* parecia ter levado as últimas esperanças de Phileas Fogg. De fato, não havia mais nenhum barco de passageiros para a Europa nas próximas horas. O tempo parecia ter se voltado contra o cavalheiro. Ele, sem fazer sequer algum gesto de preocupação, apenas decidiu que deveriam ter uma boa noite de sono num hotel.

Na manhã seguinte, mister Fogg saiu sozinho em direção ao porto. Eram 7h de 12 de dezembro. No dia 21, às 8h45 da noite ele deveria estar do outro lado do oceano Atlântico, mais precisamente no Reform Club, em Londres. Restavam, portanto, apenas nove dias, treze horas e quarenta e cinco minutos. Se tivesse embarcado no *China*, teria todas as condições de chegar no horário desejado. As batidas do ponteiro do relógio não davam trégua e só foram abafadas pelo apito de um barco cargueiro, que estava prestes a partir. Seu nome: *Henrietta*. Destino: Bordeaux, na França. Seu capitão, de nome Speedy, fazia os preparativos finais.

Após uma negociação que parecia não ter fim, Phileas Fogg acertara com o capitão Speedy de ir até... A França! Opa, França? Mas não tinham de ir até a Inglaterra? Essa foi a pergunta que atormentaria por algumas horas o trio que acompanhava o decidido membro do Reform Club. Não demoraria para entenderem quais eram seus planos.

Eram 9h, ou seja, pouco tempo depois, quando mister Fogg, misses Alda, Passepartout e o inspetor Fix encontravam-se nas acanhadas instalações do *Henrietta*.

A viagem e o oceano imprevisível prometiam reviravoltas. Na manhã seguinte, a primeira delas aconteceu. Adivinhe quem apareceu no comando do navio, como novo capitão...

Nada menos do que Phileas Fogg! O novo destino: Liverpool! O capitão Speedy fora trancado a sete chaves num aposento e, dali, só era possível escutar gritos e palavrões. A tripulação, cansada dos maus-tratos do velho marujo, passou a obedecer ao decidido cavalheiro inglês.

Os primeiros dias de travessia do oceano Atlântico foram tranquilos. Tudo parecia conspirar a favor do frio e calculista inglês. Fix já não entendia mais nada e só lhe restava aguardar. No seu canto, misses Alda estava cada vez mais encantada com as proezas de mister Fogg. E Passepartout, bem, esse integrou-se à tripulação de amotinados e ajudava nas tarefas de bordo.

A partir de 13 de dezembro, ao passar pela Terra Nova[10], o oceano acordou e deu seu sinal de rebeldia. Um temporal interminável retardou o avanço do *Henrietta,* que necessitou recolher as velas e avançar somente com a força dos motores movidos a carvão. No entanto, para enfrentar ondas altas e seguir com força, necessitavam de muito combustível. Em pouco tempo, o precioso carvão acabou.

10. Região que faz parte do Canadá.

Não restou outra escolha ao capitão senão queimar tudo o que estivesse a bordo para transformar em carvão: armários, camas, barris, cortinas, divisórias, cadeiras e o que sobrou do convés. Mas ele só fez isso com a aprovação do dono do *Henrietta*, que foi finalmente libertado. Em troca, mister Fogg resolveu pagar uma fortuna pelo barco. Com isso, mantinha acesas suas esperanças de completar a volta ao mundo no prazo fixado.

Enquanto o tempo lá de fora não sossegava, o do relógio também parecia não dar trégua. Pelas contas, Phileas Fogg percebeu que não ancoraria em Liverpool na data desejada. Afinal, eram 10h da noite de 20 de dezembro e mal tinham alcançado a costa da ilha da Irlanda, que ficava ao longo da rota até a Inglaterra. Havia ainda muito mar pela frente e, além disso, ele tinha dúvidas se o barco, que parecia uma fogueira flutuante, conseguiria resistir ao longo desse trajeto.

De repente, em meio à escuridão, como sinais salvadores, surgiram luzes no horizonte. O capitão Speedy anunciou que estavam próximos ao porto de Queenstown, na costa irlandesa. Ao saber que havia uma linha férrea que ligava aquela cidade até a capital, do outro lado da ilha, Phileas Fogg fez vários cálculos e concluiu que ganharia um tempo precioso cortando o caminho por terra.

Seguido pelos companheiros de viagem, desembarcou rapidamente no porto e em poucos minutos pegaram o trem que ligava Queenstown a Dublin. Então, da capital da Irlanda, conseguiram alcançar um dos rápidos barcos a vapor que a ligavam a Liverpool.

Eram 11h40 da manhã de 21 de dezembro quando Phileas Fogg finalmente pisou em solo inglês. Estava em Liverpool, a poucas horas de Londres. No entanto, naquele momento, o inspetor Fix aproximou-se dele e, seguindo a tradição britânica, colocou a mão no ombro de mister Fogg e perguntou, enquanto exibia seu tão sonhado mandado:

– Você é mesmo Phileas Fogg?

– Sim, senhor!

– Em nome da rainha, você está preso!

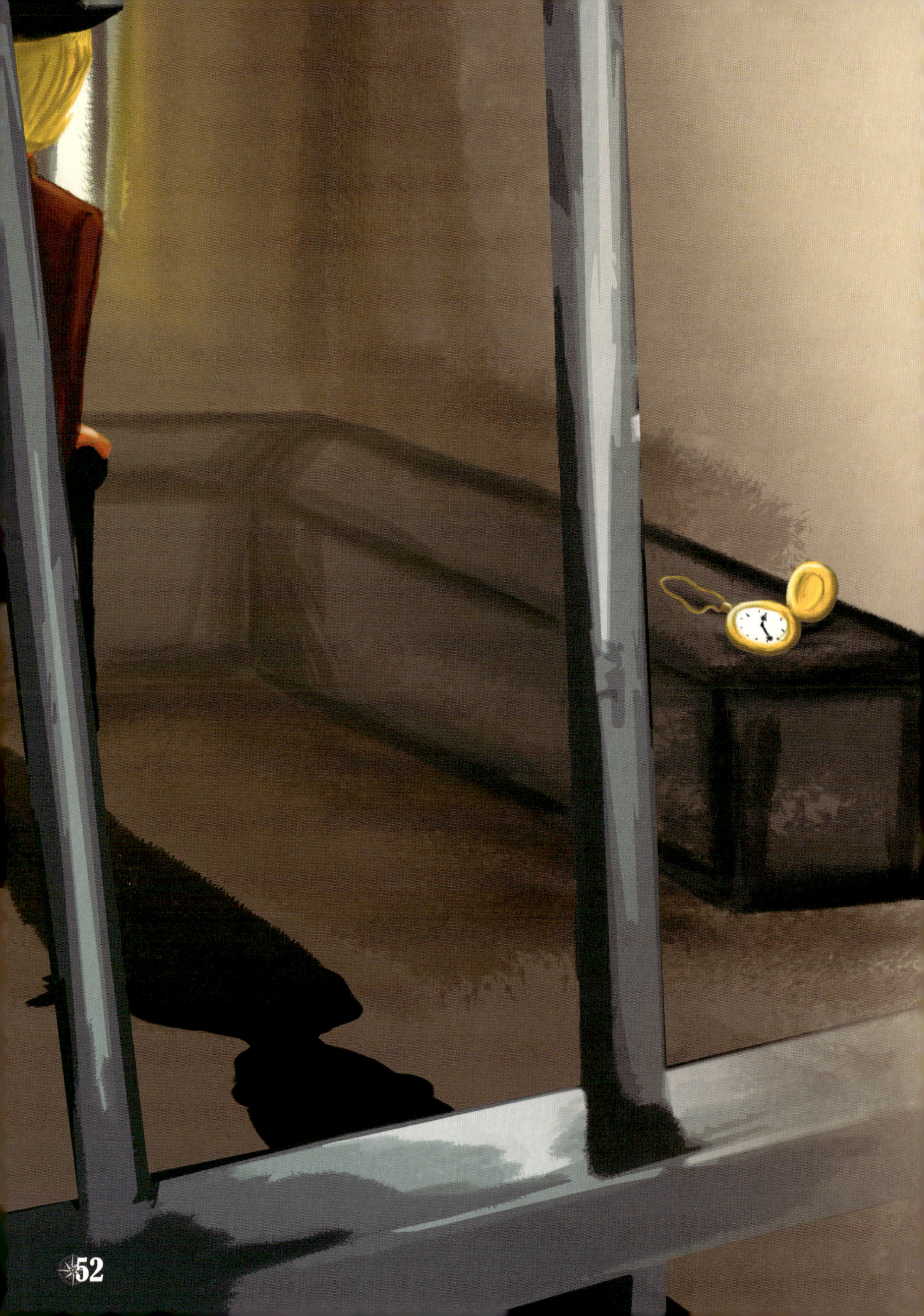

13 FINAL DE LINHA PARA PHILEAS FOGG?

Phileas Fogg estava preso. O cavalheiro fora detido na alfândega de Liverpool, onde ele deveria passar o resto do dia. Passepartout não conseguiu se conter e partiu para cima do inspetor traiçoeiro. Queria arrancar todos os fios do seu cabelo, do seu bigode, da sua barba... Mas ele é que foi arrancado dali por dois policiais. Misses Alda, indignada, protestou, mas de nada adiantou. Quanto ao inspetor Fix, ele havia cumprido sua missão, fosse mister Fogg culpado ou não. Caberia à justiça decidir.

Phileas Fogg, sentado num solitário banco de madeira da sua cela, observava imóvel seu relógio sobre a mesa. Ele, que até então controlara o tempo, agora sentia como se os ponteiros dos segundos lhe escapassem, levando com eles suas chances de ganhar a aposta. O sino da catedral badalou com força, como se estivesse anunciando sua derrota.

Às 2h33 da tarde, a porta da sua cela foi aberta com um estrondo. Misses Alda, Passepartout e Fix entraram, agitados. O inspetor, ofegante, informou-o:

– Senhor, perdão... Uma coincidência inacreditável... O verdadeiro ladrão do banco... Inglaterra... encontrado e preso. O senhor... livre!

Pela primeira vez, mister Fogg mostrou alguma alteração de humor e desferiu um soco no rosto do inspetor.

– Golpe perfeito! – exclamou Passepartout, com sentimento de vingança.

Mister Fogg, sem deixar que mais um só segundo lhe fugisse das mãos, recolheu seu relógio e praticamente atirou-se num táxi que o levaria, com a jovem e o fiel criado, até a estação. Como o expresso para Londres já havia partido, ele precisou contratar um trem especial e, às 3h da tarde, arrancaram em direção à capital.

Mas a sorte parecia querer sair dos trilhos. Ao longo do percurso, por várias vezes, a locomotiva teve de reduzir sua velocidade ou até mesmo parar. Chegaram à estação central quando todos os relógios de Londres marcavam 8h50 da noite, cinco minutos depois que o cavalheiro deveria ter se apresentado no Reform Club. Phileas Fogg havia perdido sua aposta!

Ao longo do dia seguinte, a casa número 7 de Saville Row parecia vazia. Nenhum barulho foi escutado. Nenhuma luz foi acesa. Nem seu morador Phileas Fogg, nem sua nobre hóspede e nem mesmo Passepartout davam qualquer sinal de vida. Passaram o dia inteiro recolhidos e estáticos, como se fossem parte do mobiliário, sem acreditarem em tamanha falta de sorte.

Derrotado! Era o sentimento de Phileas Fogg. Após ter percorrido um longo percurso ao redor do mundo, ter superado incontáveis obstáculos, enfrentado mil perigos e ainda ter feito boas ações pelo caminho, após tudo isso... Havia perdido aquela grande disputa contra o tempo. Ele ainda gastara boa parte do seu dinheiro para fazer a viagem. E com o pagamento da aposta, pouco lhe restaria. Mais do que derrotado, ele estava arruinado! Não via necessidade nem de se apresentar, atrasado, diante dos colegas do Reform Club. Havia perdido. Era só pagar a aposta no banco. Só isso e nada mais. Era o seu fim.

Aquele triste e escuro domingo só ganharia um brilho ao final da tarde quando mister Fogg foi até o quarto reservado a misses Alda para uma conversa particular.

– Perdão, misses Alda, por ter lhe trazido à Inglaterra – disse após um longo silêncio. – Permita, senhora, que eu lhe acolha aqui e, com o pouco que me resta, procure lhe dar uma existência digna?

– Mister Fogg – disse misses Alda, olhando nos olhos e segurando firmemente uma das mãos do homem que salvara sua vida. – O senhor mostrou mais do que valentia. O seu coração é muito generoso e me conquistou. Desejo ser sua esposa. Quer se casar comigo?

– Sim, eu te amo! – respondeu Phileas Fogg. – Eu te amo mais do que tudo o que existe neste mundo!

Passepartout foi então chamado. Ao entrar no aposento, seu patrão lhe ordenou que ele procurasse o reverendo Samuel Wilson imediatamente na paróquia de Mary-le-Bone. Ele queria que o religioso realizasse uma simples cerimônia de casamento na segunda-feira.

– Para amanhã? – perguntou voltando-se para misses Alda.

– Sim, para amanhã, segunda-feira! – confirmou a jovem.

Passepartout então saiu em disparada pelas ruas já às escuras de Londres para logo chegar à paróquia.

Meio atrapalhado, disse ao reverendo Samuel Wilson o que lhe ordenaram fazer.

– Preciso que o senhor celebre um casamento amanhã.

O reverendo olhou para Passepartout espantado e disse:

– A celebração não pode ser realizada amanhã, jovem!

– Por quê? Amanhã é segunda-feira!

– Não, senhor, amanhã é domingo!

O jovem francês quase caiu sentado. Difícil acreditar, mas mister Fogg havia errado seus cálculos em um dia e haviam chegado vinte e quatro horas antes do prazo!

Passepartout voltou para casa como uma locomotiva, atravessando e atropelando tudo o que viu pela frente. Quando chegou ao número 7 da Saville Row, já fazia quase um dia que eles haviam desembarcado na estação principal de Londres. Agora eram 8h35 da noite: faltavam somente dez minutos para o relógio marcar 8h45, prazo que seu patrão se comprometera a pisar no Reform Club.

Phileas Fogg só teve tempo de pegar sua cartola e puxar misses Alda pelos braços. No caminho, encontraram um táxi puxado a cavalo, que estava sendo consertado pelo seu cocheiro...

57

14 A EXPECTATIVA PELA CHEGADA DE MISTER FOGG NO REFORM CLUB E EM TODA A INGLATERRA

É importante registrar aqui o que se passou em terras britânicas, sobretudo após a prisão do assaltante do Banco da Inglaterra, em Edimburgo, em 17 de dezembro. Phileas Fogg até então era o principal suspeito, e sua volta ao mundo era considerada uma esperta forma que o cavalheiro havia encontrado para fugir com todo o dinheiro. A partir da detenção do verdadeiro criminoso, todos passaram a acreditar nas suas intenções. A maioria passou a torcer por ele.

Nos jornais, não se falava em outra coisa. Nas ruas de toda a Inglaterra, damas e cavalheiros procuravam ter mais e mais notícias do excêntrico cavalheiro. E seus colegas do Reform Club, então? Passaram os últimos dias inquietos. No dia da prisão do ladrão, fazia setenta e seis dias que Phileas Fogg havia partido para sua volta ao mundo. Todos perguntavam sem cessar: chegaria o nobre inglês ao salão do clube no sábado, 21 de dezembro, às 8h45 da noite?

A expectativa aumentava a cada dia. No entanto, não se tinha mais notícia de mister Fogg. Estaria na Ásia? Na América? Ninguém podia imaginar. A própria polícia sequer sabia do paradeiro do inspetor Fix, que deveria estar no encalço do até então suspeito.

No dia 21 de dezembro, quando Phileas Fogg deveria chegar ao Reform Club, Londres parou. Na Pall Mall, onde se localizava o nobre edifício, e em todas as ruas vizinhas, uma multidão se acotovelava, à espera da chegada de mister Fogg. Seus cinco colegas se encontraram no salão do clube. Os banqueiros John Sullivan e Samuel Fallentin; o engenheiro Andrew Stuart; Gauthier Ralph, administrador do Banco da Inglaterra; e o cervejeiro Thomas Flanagan eram os mais ansiosos do país. O relógio marcava 8h25.

59

– Senhores, em vinte minutos termina o prazo combinado com mister Fogg – disse Andrew Stuart, erguendo-se.

– Não há notícias dele. Da lista de passageiros do *China* não constava o nome de Phileas Fogg – acrescentou John Sullivan.

– Esse projeto era mesmo maluco. Ele não poderia prever atrasos inevitáveis ao longo do caminho – retomou Thomas Flanagan.

– Tenho certeza de que amanhã receberemos o cheque da nossa aposta. Ele perdeu! – disse Gauthier Ralph.

Em meio à conversa, o relógio do salão avançou até cravar 8h40. Faltavam apenas cinco minutos. Os colegas se olhavam, impacientes. O comportamento reservado de Phileas Fogg vinha à mente de todos. Sua viagem, como sua vida, era cercada de mistérios. Estavam cada vez mais nervosos.

– São 8h43! – disse Thomas Flanagan poucos minutos depois.

Ninguém se mexia no Reform Club. Mas lá fora a multidão se agitava em gritos agudos.

– Agora são 8h44! – disse John Sullivan, respirando pesadamente.

O ponteiro de segundos do relógio do grande salão iniciava sua volta derradeira.

Faltavam cinquenta segundos. Quarenta. Trinta segundos.

Ninguém mais falava uma só palavra. Sequer um suspiro podia se escutar. Todos os olhos estavam fixos na porta, que permanecia fechada.

Vinte. Dez segundos para o badalo das 8h45...

15 — O ÚNICO ERRO DE CÁLCULO DO METÓDICO PHILEAS FOGG

Faltando cinco segundos, a porta do grande salão se abriu e...

– Aqui estou eu, cavalheiros!

Era Phileas Fogg, seguido pela multidão aos gritos e aplausos.

Diante da surpresa de seus colegas, ele completou:

– Sim, Phileas Fogg em pessoa!

Mister Fogg havia ganhado sua incrível aposta. Ele conseguira dar a volta ao mundo em oitenta dias!

Caro leitor, você agora deve ter ficado surpreso também com esse incrível Phileas Fogg. Afinal, o que teria acontecido? Como ocorreu esse erro de cálculo? Muito simples. Tão simples, que escapou do controle do metódico inglês. Sem se dar conta, mister Fogg ganhara um dia no seu itinerário justamente porque ele dera a volta ao mundo. De fato, ao viajar em direção ao leste da Terra, à frente do sol, os dias encurtavam quatro minutos a cada grau que ele transpunha nessa direção. Ao multiplicar os trezentos e sessenta graus da circunferência do nosso planeta por quatro minutos, o resultado será exatamente vinte e quatro horas, ou seja, um dia!

Explicando de outra forma, enquanto Phileas Fogg, viajando para o leste, viu o sol passar oitenta vezes no meridiano, seus colegas do Reform Club haviam visto setenta e nove. Foi por isso que aquele dia era sábado e não domingo, como acreditava inicialmente o cavalheiro.

Mas, afinal, o que Phileas Fogg ganhou ao fazer essa volta ao mundo? O que ele conquistara ao longo dessa viagem?

Nada, poderiam dizer alguns. Mas nada mesmo? Não podemos esquecer que ele pôde ver como o mundo é rico com tantas culturas diferentes e ainda conquistara uma charmosa mulher, o que fez dele o homem mais feliz do mundo!

FIM

JULES VERNE, autor desta obra, nasceu em Nantes, na França, em 1828. Por ser o mais velho entre cinco irmãos, seu pai queria que ele o sucedesse nos negócios. Por isso, estudou Direito na sua cidade natal e depois em Paris. Mas Jules gostava mesmo era do mundo das artes. Com pouco mais de dez anos, carregava sempre consigo um papel e um lápis e não parava de escrever. Foi por meio do teatro, com a ajuda de Alexandre Dumas, que Jules Verne começou a chegar mais perto do público. Não tardou para que o hábil editor Jules Hetzel captasse o grande talento de Verne para a literatura. Seu primeiro romance, *Cinco semanas num balão*, fez o escritor francês iniciar uma trajetória com voos cada vez mais altos. Depois vieram *A volta ao mundo em 80 dias*, *Vinte mil léguas submarinas*, *Viagem ao centro da Terra*, *Da Terra à Lua* e *A ilha misteriosa*. Foi um dos grandes pioneiros dos romances de ficção científica, numa época de grandes invenções (século XIX), como a eletricidade, o telefone, o barco a vapor e as ferrovias.

BETO JUNQUEYRA, tradutor e adaptador desta obra, cresceu entre as fazendas de Minas Gerais, as vilas do norte de Portugal e os livros de Monteiro Lobato e Jules Verne. Com nove anos, escrevia contos e, após viagens para os quatro cantos do mundo, ganhou muita inspiração. Seu primeiro livro infantojuvenil, *Volta ao mundo falando português*, é inspirado na obra de Verne. Entre seus principais títulos, destacam-se *Deu a louca no mundo*, *Pintou sujeira!*, *Ecopiratas em Fernando de Noronha* e *Quem tem boca vai ao Timor*.

DANILO TANAKA, ilustrador desta obra, nasceu na zona sul de São Paulo e, desde pequeno, é apaixonado por desenhos. Com doze anos, fez seu primeiro curso de desenho e, aos treze anos, ganhou seu primeiro prêmio: "Destaque Especial". Tem vários estilos de traço e pintura. Formado em Publicidade e Propaganda e com MBA em Marketing, ganhou também o Prêmio Design de Embalagem da ABF + RDI Design em 2016-2017.